NOAH!

LEARNING to READ this ★
will unlock some doors...
possibly doors to PARIS
w/ us!!   ♡, Auntie TANIA
                et
              uncle DEREK ★

© 1994, l'école des loisirs, Paris
Loi numéro 49 956 du 16 juillet 1949 sur les publications
destinées à la jeunesse : février 2002
Dépôt légal : novembre 2008
Imprimé en France par Clerc à Saint-Amand-Montrond
ISBN : 978-2-211-06594-8

Yvan Pommaux

Une nuit, un chat…

Petite bibliothèque de l'école des loisirs
11, rue de Sèvres, Paris 6e

Toutes ses nuits, Groucho les a passées sagement
dans son lit.
Mais cette nuit, poussé par une force mystérieuse…

... Groucho franchit la lucarne et sort, seul.

Ses parents s'y attendaient.

Tous les parents chats attendent avec angoisse
cette nuit-là : la nuit où leur enfant sort
pour la première fois seul.

Ne risque-t-il pas de se perdre, le pauvre petit?
De tomber d'un toit, ou dans un trou?
Il y a pire: un énorme rat d'égout, qui a déjà dévoré
plusieurs chatons, rôde dans le quartier...

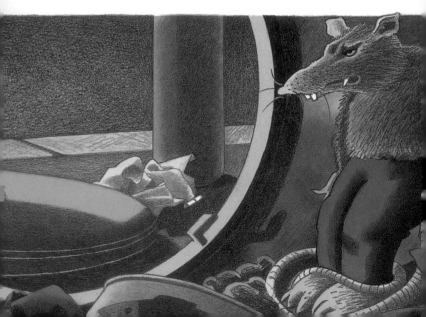

Or, chez les chats, il existe une loi, une règle d'or :
lorsqu'un chaton sort pour la première fois, seul, la nuit,
ses parents le laissent faire. Empêcher leur chaton
de sortir cette nuit-là serait un déshonneur pour des chats.

La nuit est douce.
Elle est toute proche, caressante.
La nuit, tout peut arriver.

vertigineux et rebondissants.

La nuit, les chats dorment, lisent,
se câlinent,
se promènent...

... ou font la fête.

La nuit…

... Groucho constate que tous les chats ne sont pas gris.

Bientôt, de grandes ombres bizarres l'entourent.

Groucho n'a pas peur des ombres...

... sauf si elles sont trop grandes ou trop bizarres.

Parfois, la nuit s'amuse à donner
une ombre effrayante
à un être inoffensif.

Parfois la nuit ne s'amuse plus…

Mais la lutte est inégale.

Fuir, fuir à toutes jambes, c'est la seule issue.

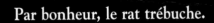

Par bonheur, le rat trébuche.

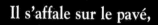

Il s'affale sur le pavé,

mais il se relève aussitôt, écumant de rage,

et reprend la poursuite.

« Au dernier moment », dit Groucho à Kitty,
« tu passeras à droite du trou et moi à gauche ! »

Aussitôt dit, aussitôt fait ! Quant au rat…
Le rat ? Quel rat ? Il n'y a plus de rat !

« Quelle nuit sublime ! » dit Kitty, mais elle ajoute :
« Il faut rentrer à présent ! »
En effet, les chats rentrent toujours avant l'aube,

Groucho découvre à cette occasion
que raccompagner chez elle une amie,
c'est le bonheur.

Groucho et Kitty se donnent rendez-vous, se quittent,
et Groucho, le cœur battant, regagne son toit.

« Mon enfant ! » dit sa mère.

« Fiston ! » dit son père.

« Tout va bien, mon chéri ? »

« Mais oui ! »

« Tu n'as rien de cassé ? »

« Mais non ! »

« Il ne t'est rien arrivé
de grave ? »

« Non, maman… »

Groucho sent qu'il va vivre des moments exaltants.

des moments délicieux,